La colcha de retazos

Escrito por
Kristin Avery

Ilustrado por
David McPhail

Traducido por
Alma Flor Ada

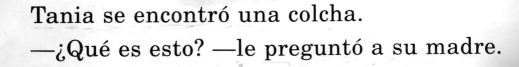

Tania se encontró una colcha.

—¿Qué es esto? —le preguntó a su madre.

—Es una colcha hecha con retazos de
piezas de ropa queridas —respondió
su madre.

Tania señaló un trozo gris.

—¿De dónde salió? —preguntó.

—Es del saco favorito del tío
—respondió su madre.

Tania señaló un trozo azul.

—¿De dónde salió? —preguntó.

—Es de la camisa favorita del
abuelo —respondió su madre.

Tania señaló un trozo rojo.

—¿De dónde salió? —preguntó.

—Es de la falda favorita de la
abuela —respondió su madre.

Tania tuvo una idea. Buscó la camisa
favorita de su hermano.

Buscó la falda favorita de su hermana.

Buscó la corbata favorita de su padre.

Buscó la bufanda favorita de su madre.

A la mañana siguiente, su padre dijo:

—¿Dónde está mi corbata?

Su hermano dijo:—¿Dónde está mi camisa?

Su madre dijo:—¿Dónde está mi bufanda?

Su hermana dijo:—¿Dónde está mi falda?

Y Tania dijo:

—¡Buenos días! ¿Les gusta mi nueva colcha de retazos?